Cómo cultivar un DRAGÓN

Rachel Morrisroe • Steven Lenton

Beascoa

Para mamá y papá, los padres más mágicos del mundo.
Os quiero. R. M.
Para Lua, ¡bienvenida al planeta Tierra! Con mucho cariño. S. L.

Papel certificado por el Forest Stewardship Council®

Título original: *How to Grow a Dragon*

Primera edición: febrero de 2025

Publicado originalmente por Puffin, un sello de Penguin Random House Children's.
Penguin Random House Children's forma parte del grupo Penguin Random House.

© 2023, Rachel Morrisroe, por el texto
© 2023, Steven Lenton, por las ilustraciones
© 2025, Penguin Random House Grupo Editorial, S. A. U.
Travessera de Gràcia, 47-49. 08021 Barcelona
© 2025, Penguin Random House Grupo Editorial, S. A. U. / Berta Martín
y Verónica Fajardo, por la traducción
Ilustración de la cubierta: Steven Lenton

Penguin Random House Grupo Editorial apoya la protección de la propiedad intelectual. La propiedad intelectual estimula la creatividad, defiende la diversidad en el ámbito de las ideas y el conocimiento, promueve la libre expresión y favorece una cultura viva. Gracias por comprar una edición autorizada de este libro y por respetar las leyes de propiedad intelectual al no reproducir ni distribuir ninguna parte de esta obra por ningún medio sin permiso. Al hacerlo está respaldando a los autores y permitiendo que PRHGE continúe publicando libros para todos los lectores. De conformidad con lo dispuesto en el artículo 67.3 del Real Decreto Ley 24/2021, de 2 de noviembre, PRHGE se reserva expresamente los derechos de reproducción y de uso de esta obra y de todos sus elementos mediante medios de lectura mecánica y otros medios adecuados a tal fin. Diríjase a CEDRO (Centro Español de Derechos Reprográficos, http://www.cedro.org) si necesita reproducir algún fragmento de esta obra.

Printed in Spain – Impreso en España

ISBN: 978-84-488-6832-1
Depósito legal: B-21.239-2024

Realización editorial: Marta Masdeu

Impreso en Talleres Gráficos Soler S.A.
Barcelona

BE 68321

ESTE LIBRO PERTENECE A:

¡Bienvenidos a la tienda del señor Florez! Donde plantas intrépidas crecen por los rincones.

Esta es Sara, jardinera resuelta y genial.
Planta, siembra y cultiva con un talento especial.

Y aquí está Pimpollo, pequeño y radiante.
De todos los unicornios, él es el más brillante.

Los amigos pasan sus días entre plantas, flores y guantes,
y dan de comer bollos a las vainas de guisantes.

Cultivan dientes de león

y pasean a los apocaninos.
(Dan dos vueltas a la manzana
saludando a los vecinos).

Una mañana llamaron a la puerta de la tienda.
—Toma —dijo el cartero—. Tengo miedo de que me muerda.

SEMILLAS DE DRAGODILO

Sara leyó el sobre.

SURTIDO DE SEMILLAS
(¡PELIGRO! NO ACERCAR CERILLAS)

DRÁCENAS — guardianes formidables.
(Pero dejan las alfombras en un estado lamentable).

BOCA DE DRAGÓN — un magnífico transporte cuando no le apetece andar. (Recuerde llevar encima una bolsa para el mareo, la puede necesitar).

DRAGOS — ¡Los mejores en la cocina!
(Ándese con ojo o se comerán la ropa tendida).

Plante en una maceta, espolvoree especias, unas cucharadas, tres pellizcos de pimienta, y dé después dos palmadas.

Sara estaba preocupada, con los ojos como platos.
—¿Y qué pasa si nos comen como comen queso los gatos?

Pero el señor Florez dijo, sonriente:
—Querida, ¡esto es excelente! ¡Plantemos todo el paquete, seamos valientes!

Sara se puso los guantes y fue a por las semillas,
que saltaban y vibraban haciéndole cosquillas.

—¡Atrás! —gritó Sara. Abonó con guindillas y contuvo el aliento.

La habitación se llenó de un humo negro y mugriento.

—¡Cuidado! —exclamó mientras la tierra se incendiaba. Las macetas explotaron con fuertes llamaradas...

... que, de repente,
se apagaron.

—¡Estas plantas son imposibles! —dijo Sara en tono quejicoso.
Pimpollo le dio ánimos con su hocico cariñoso.

Probó a echar otras cosas:
pimientos fantasmas,
alitas de pollo picantes,

y al final lo consiguió
con un curry de guisantes.

Aderezó con pimienta
y salieron chispas doradas.
Las macetas burbujearon
cuando Sara dio dos palmadas.

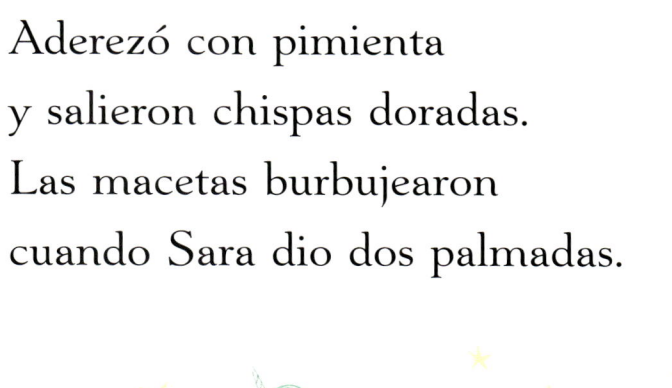

Ondeantes espirales llenaron la habitación.
La tienda empezó a temblar,
y, de repente, sonó un: ¡POM!

¡Vaya montón de dragones, como sardinas en lata!
Morados, naranjas, rosas y algunos de color plata.

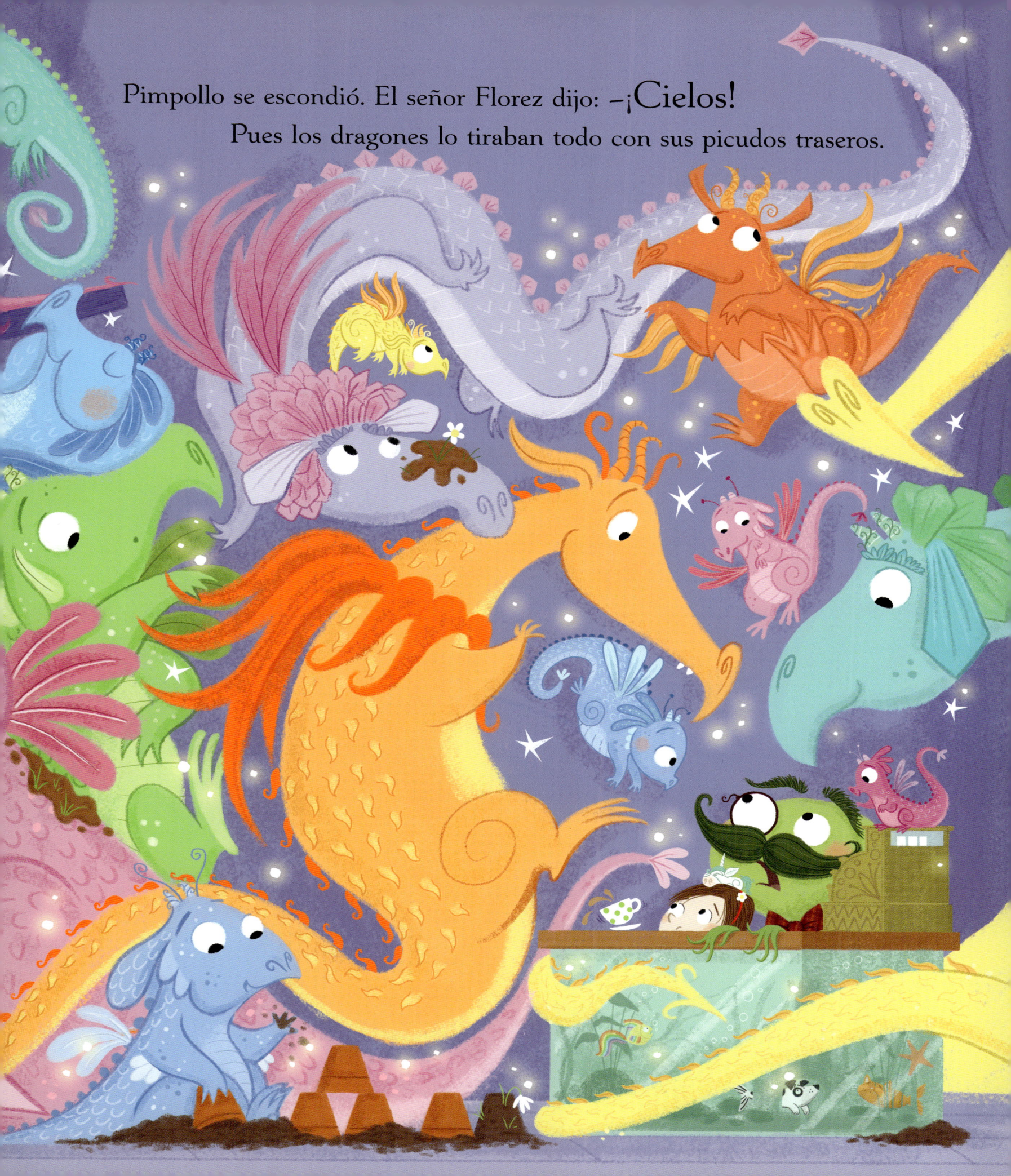

Pimpollo se escondió. El señor Florez dijo: –¡Cielos!
Pues los dragones lo tiraban todo con sus picudos traseros.

RUGIERON a las vainas,
la cola de Pimpollo incendiaron.
Y, cuando intentaron calmarlos,
¡ni siquiera los escucharon!

Dieron tal susto a los gnomos que perdieron los zapatos.
—Necesitan un hogar —dijo Florez—, ¡de inmediato!

El señor atrapamoscas anunció en plan comerciante:
–¿Alguien quiere un dragón? ¡Que venga y le eche el guante!

Una larga cola se formó en la esquina,
algunos se llevaron un dragón y otros dos,
¡para su vecina!

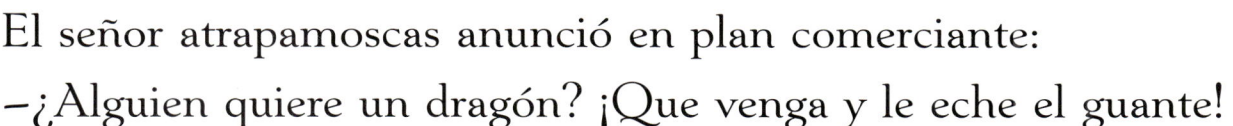

Pero al siguiente día... los trajeron de vuelta.

—Mi sofá se ha incendiado,
¡y las cortinas se han chamuscado!

—¡El mío persiguió
el autobús escolar!

—¡El mío se comió la colada!

—¡Y al mío solo le falta
aplastarme la cara!

—Montar en dragón no está chupado.
Con tanto gira que gira, ¡acabamos mareados!

—Bueno —dijo el señor Florez—, esto se ha acabado.
Soy el peor de los floristas, ¡un planturrio fracasado!

Sara pensó...

¡y se le ocurrió una idea!

—¡Ya está! —gritó—. No hay nada que temer.
Si los entreno con chucherías, me querrán obedecer.

Puso a remojo semillas con forma de salchicha en una salsa que era una auténtica delicia.

Despuntaron unos brotes que tenían muy buena pinta.

Al poco, unos salchicheros florecieron en los árboles y llenaron con aromas a especias todo el aire.

En la ciudad, reinaba un gran caos.
Dragones y dragonas volaban por todos lados.

Unos tenían hipo.

Otros estornudaban.

De pronto, se oyó un tremendo toque de silbato.

Sara había conseguido dos grandes camiones
llenos hasta arriba de chuches para dragones.

—¡Sienta! —ordenó.
—¡Buen dragón! Dame la garra.

En un periquete les enseñó un montón de trucos con habilidad de maga.

Calentaban las hamburguesas
con sus llamas anaranjadas,

planeaban hasta el colegio

y no se comían las bragas.

Las drácenas defendían las puertas con orgullo.
 (Y chamuscaban a los ladrones y a quien armase barullo).

Los dragones volaban felices en lo alto.
Todo el mundo aplaudía. ¡Hasta llevaban a Pimpollo en brazos!

—¡Hurra! —dijo el señor Florez—. ¡Qué bien los has entrenado! Muchísimas gracias, Sara. Pequeña, ¡nos has salvado!

Al día siguiente, el cartero llegó en su boca de dragón.

—¡Mi turno de hoy ha sido absolutamente extraño!...

... Este paquete de aquí no deja de armar escándalo.
Y le dio a Sara un sobre que parecía hecho de conchas.

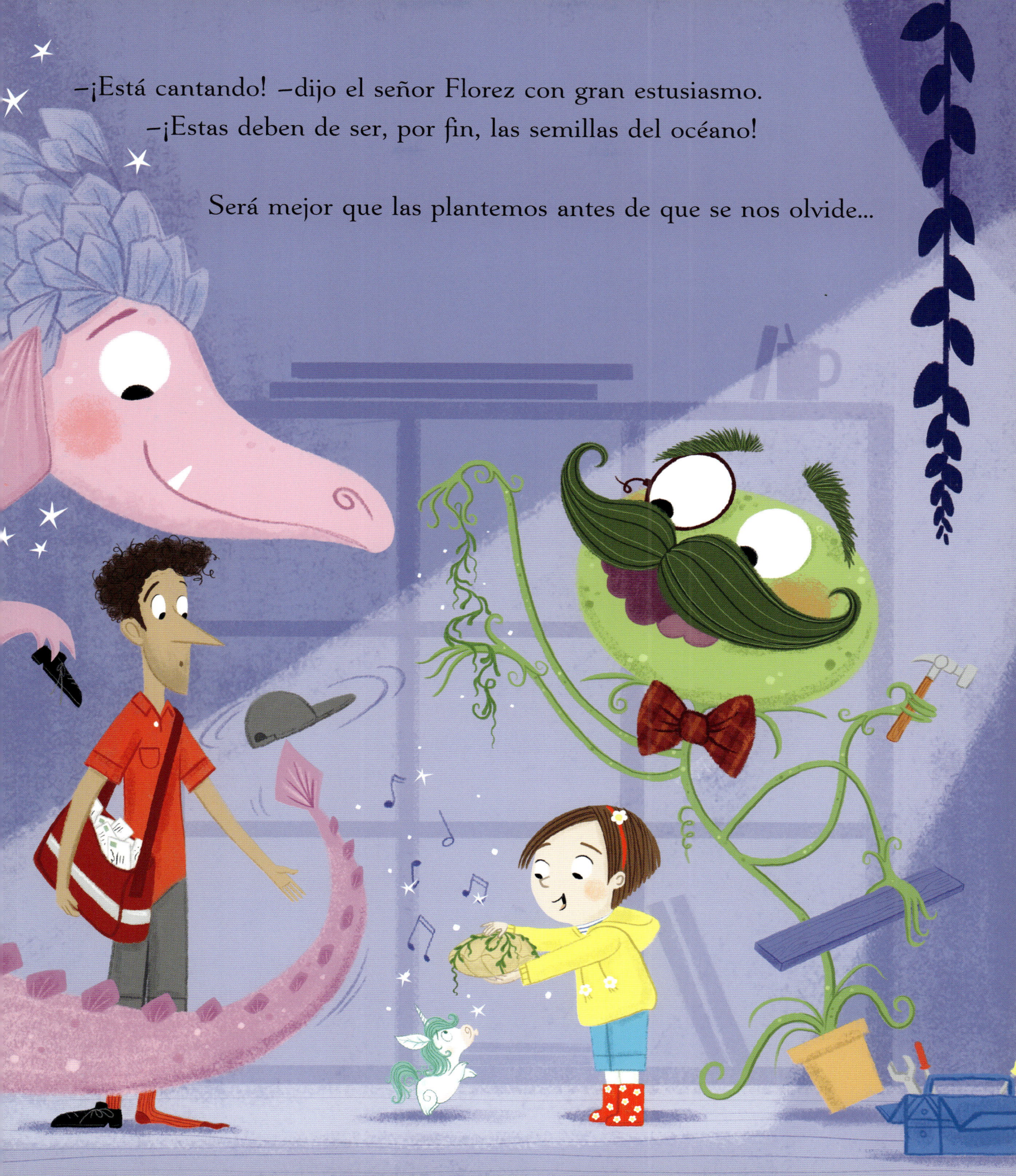

—¡Está cantando! —dijo el señor Florez con gran estusiasmo.
—¡Estas deben de ser, por fin, las semillas del océano!

Será mejor que las plantemos antes de que se nos olvide...

¡No sea que las sirenias,
al final, se desafinen!

RACHEL MORRISROE

Rachel Morrisroe es una original e imaginativa voz en el mundo del álbum ilustrado. Su ocurrente Cómo cultivar un unicornio se convirtió en un éxito instantáneo. Además de autora, vende su arte abstracto por todo el mundo. Nació en Gales, aunque ahora vive en Cheshire con su marido, sus dos hijos y un alocado perro salchicha.

STEVEN LENTON

Steven Lenton es un aclamado ilustrador que acumula varios premios de ilustración por sus trabajos. Divide su tiempo entre Brighton y Londres. Es el creador de series publicadas en Reino Unido como Genie and Teeny, e ilustrador de numerosos autores británicos, como David Baddiel, Frank Cottrell-Boyce, Peter Bently y Tracey Corderoy, entre muchos otros.

CÓMO CULTIVAR EL AMOR POR LA LECTURA:

Mis consejos para disfrutar aún más de los libros:

1. AHONDA en la portada y busca pistas sobre la historia en la ilustración. ¿Qué está pasando?

2. PLANTA las semillas de la historia en tu imaginación. Piensa en los personajes. ¿Tienes un favorito?

3. Asegúrate de **NUTRIR** la historia con más imaginación. ¿Qué crees que pasa después?

4. Todo lector necesita **TIEMPO** para pensar. ¿Qué han aprendido los personajes de la historia? ¿Han cometido errores? ¿Han hecho otras cosas bien?

5. Tus habilidades lectoras **DESPUNTAN**, ¡disfrútalo! ¿Qué cosas nuevas descubres cada vez que relees la historia?

sara